코로나 시대의 여행자들

Documentary essay

코로나 시대의
여행자들

글 이다빈 | 사진 엄기용

I'm

$$\boxed{\textbf{Prologue}}$$

봄비는 내리는데 코로나는 빗속에서 춤을 추고 있다. 우리가 이 미생물의 진화 발전을 얼마나 알 수 있을까. 이렇게 조그만 것들에 의해 기진맥진할 줄 알았던가. 달 위를 걷고 원자를 쪼개기도 하는 우리 인간이 이까짓 작은 것 하나 때문에 걱정으로 불안으로 살아간다니 말이다.

대량의 항생제와 예방접종으로 세균 없는 세상을 만들었다고 생각했는데 이들은 인간보다 훨씬 빠른 속도로 진화했다. 우리가 공격하면 이 작은 것들도 반격한다. 비행기와 자동차는 이것들을 싣고 달렸다.

코로나19 팬데믹으로 비행이 정지되고 세계를 손바닥에 놓고 꿈을 꾸던 사람들은 갈 길을 잃었다. 2년 이상 우리는 바이러스와 세계대전을 치르고 있다. 과잉생산과 자연 파괴를 추구하던 야수자본주의는 코로나 덕분에 힘을 잃었다. 수많은 행사 프로그램들은 연기되거나 온라인으로 넘어갔다. 밤 9시 무렵이면 사람들은 일제히 집으로 가기 위해 탈것에 몰려드는 풍경이 연출되었다.

코로나19는 그동안 일상적으로 해오던 소소한 일들이 얼마나 소중했는지 우리에게 알려 주었다. 그 중 하나가 바로 여행이다. 한국문화예술위원회의 '코로나19, 예술로 기록' 사업에 선정되어서 나와 엄기용 작가는 한 팀을 이뤄 코로나19로 인한 여행자들의 변화된 모습을 글과 사진으로 기록했다.

시대적 상황으로 여행을 떠나기 힘들게 된 여행자들은 주어진 환경에서 자신만의 방식대로 나름의 여행을 즐기고 있었으며, 누군가에게는 여행의 의미를 다시금 생각해 보는 계기가 되기도 했다. 또한 여행·관광업에 종사하는 사람들과 소상공인들은 코로나19가 장기화되면서 희망을 접고, 오랜 습관을 지키려는 본능적인 욕망을 벗어나서 낯선 것을 일상으로 받아들이고 있었다. 그들이 할 수 있는 것은 지금의 자리에서 최선을 다하는 것이었다. 하지만 코로나19가 모두에게 절망을 안겨준 것은 아니다. 전세계적인 위기가 누군가에게는 오히려 기회가 되기도 했다. 위기를 돌파할 방법을 치열하게 고민한다면 답은 있다.

한숨을 한 번 내쉴 때마다 수많은 원자들이 에너지 파장에 맞추어 결합해야 우리 몸도 지탱할 수 있다. 우리는 아무것도 안 하기란 쉽지 않다. 그러고보면 예측할 수 없는 확진자 수처럼 인간은 죽을 때까지 선택에 직면하는 자유로운 존재인 것 같다. 혼란과 갈등 속에 놓이게 되었을 때 마음은 묻는다. 이것이 인생인가? 그래서 인생을 여행에 비유하는 것은 언제나 적절하다.

위기는 위험과 기회의 합성어다. 장자는 이것과 저것의 대립이 사라져버린 것을 도(道)라고 했다. 자연은 양립할 수 없는 두 가지가 얽혀서 돌아가고 있다는 것을 우리는 코로나 위기로 깨달을 수 있었다.

산 위에 있던 달이 어느새 찻잔에 내려오자 만들어놓은 시름탑에도 찻물이 스며든다. 입춘(立春)은 봄으로 들어선 게 아니다. 봄은 세워야 한다.

2022년 2월

이다빈

Contents

Part 1

여행하지 않는 여행자

마고캐런 / 여행작가

카페 입구에 세워둔 플래카드의 문구처럼 '조용히 혼자 있기 좋은 카페'에 그녀는 조용히 혼자 있었다. 한때 책 좋아하고 여행 좋아하는 사람들이 들락거렸을 것 같은 카페 내부 벽면 선반에 철도여행의 흔적 같은 기차 모형이 놓여 있었다. 혼자 쓰던 사무실을 여행자를 위한 카페로 탈바꿈시켰지만 코로나는 여행자들의 발길을 뚝 끊게 만들었다. 커피머신을 처분했다는 이야기를 듣고 근처 카페에서 사온 아메리카노 두 잔과 대만 샌드위치를 그녀에게 내밀었다.

"저는 카페라떼를 좋아하는데요."

한 잔은 카페라떼로 사올 걸 하는 생각을 지우려는 듯 그녀는 설탕을 가져와서 아메리카노가 담긴 잔에 넣고 휘휘 저었다. 그리고 음악을 틀고 구석에 있던 전기난로를 가져와서 발아래에 두었다. 썰렁했던 카페가 달달하고 따뜻해지기 시작했다.

"내 책상을 안쪽으로 집어넣고 카페로 바꾸었어요. 위층에 여행사 사무실이 있었는데 직원들은 그곳에서 일을 했고, 여기는 저 혼자만 사용했는데 가끔 배낭여행 설명회 같은 것은 여기서 했죠."

부산에서 관광경영학을 졸업하고 서울로 올라온 그녀가 해외출장이 가능한 무역회사를 퇴사하고 여행사에 입사했던 것은 여행에 대한 열정 때문이었다. 이후 여행 관련 프리랜서 생활을 하면서 20여 년 간 60개가 넘는 나라를 여행했다. 일 년의 반 이상을 해외에서 보내다 보니 '여행업의 로또'라고 불리는 독일철도 한국총판 사업과 바이에른주 관광청 한국사무소 소장까지 맡게 되었다.

하지만 철도 위를 달리던 그녀의 삶은 코로나로 완전히 바뀌었다. 코로나19로 여행업이 직격탄을 맞으면서 여행자의 휴게소 같은 그녀의 카페는 지금은 공간 대여 이상의 의미가 없다.

"이 큰 사무실을 혼자 쓰면서 원하는 걸 다하고 살았는데 코로나로 무너지면서 내가 진짜 원하는 게 무엇일까 생각하기 시작했어요. 돌아보니 네 인생은 일만 하면서 앞만 보고 달렸지 나를 위한 시간은 없었어요. 그래서 글을 쓰면서 깊은 내면의 시간을 가지게 되었어요. 하루에 10시간씩 글을 썼어요.

생전 처음 도수치료도 받아봤어요. 그 다음으로 눈에 이상이 와서 백내장 수술을 했어요. 그리고 3개월 있다가 자궁근종 수술까지 그동안에 안에서 곪았던 것들이 한꺼번에 터져 나오는 것 같았어요. 코로나 때문에 쉬면서 그동안 내 몸을 돌보지 않았다는 것을 절실히 깨달았어요. 코로나 사태가 터지고 처음 8개월은 안식년처럼 제 몸을 치료하는 데 썼죠.

8개월쯤 지나니까 경제적인 문제가 닥쳐왔어요. 디지털보다는 아날로그에 익숙했지만 어쩔 수 없이 도서관 줌 수업도 하고 온라인 플랫폼에도 관심을 가지게 되었죠. 여행업은 망했지만 새로운 일에 관심을 가지게 된 계기가 되었어요. '땡큐, 코로나'죠."

"죽기 위해 태어나고
잃어버리기 위해 소유하며
떠나보내기 위해 만난다."

독일 내 기차역 어디서라도 유럽의 다른 도시 구간 열차를 한꺼번에 예매할 수 있어서 그녀의 유럽여행은 언제나 독일에서 시작하거나 독일에서 끝이 났다. 그러다보니 독일은 그녀에게 열 시간 넘게 날아가는 비행기 안에서 독일지도를 펼쳐 놓고 스케줄을 짤 만큼 익숙한 나라다. 유럽여행을 하면서 첫 기차를 타고 가서 막차를 타고 돌아오기도 했다. 바퀴들이 철로에 부딪혀 가는 동안 의식은 그녀 자신에게로 돌아간다.

기차여행은 유럽 외의 다른 나라에서도 이어졌다. 샌프란시스코에서 시카고까지 이동하는 기차를 타고 일출과 일몰, 사계절을 한꺼번에 만나고 오기도 했다. 캐나다 밴쿠버에서 출발하는 로키 마운티니어를 타고 로키의 대자연을 감상하는 실버여행도 40대에 벌써 다녀왔다.

"죽기 위해 태어나고 잃어버리기 위해 소유하며 떠나보내기 위해 만난다"는 말처럼 그녀는 집을 수시로 떠나 여행 속에서 수많은 만남과 헤어짐을 반복했다. 기억의 짐을 내려놓기 위해 기차를 탔다. 기차의 속도에 의지해 이별에 차가워진 몸과 마음을 데웠다. 기차의 속도가 느릴수록 여행의 온도는 높아진다. 그녀는 기차에 몸을 싣고 삶의 온도를 높였다.

아이슬란드 여행은 코로나 직전 그녀의 마지막 여행이었다. 오로라 여행을 다섯 번이나 했고 기차여행으로 단련된 50세에 막 접어든 자신에게 주는 선물·이었다. 기차를 벗어나 버스를 타고 하얀 지평선을 신나게 달리고 싶었던 꿈은 폭설 때문에 이루어질 수 없었다. 오로라는커녕 하늘의 별빛 한 조각도 보지 못한 그곳에서 얼음보다 더 차가운 마음을 할퀴고 지나가는 것이 있었다. 그것은 제주도의 바람이었다. 문득 그만 여행을 내려놓고 싶다는 생각이 들었다.

60여 개국을 여행하면서 한 달쯤 머물고 싶다고 생각한 도시가 없었는데 아이슬란드 여행을 끝내고 한국으로 돌아오자 운명처럼 코로나 팬데믹이 왔다. 기차의 종착역에 내린 것처럼 더 이상 남의 바다를 찾아갈 이유가 없다고 생각한 그녀는 조용히 스스로를 바라볼 수 있는 곳을 찾았다. 그녀는 그곳에서 『여행 없는 여행』이라는 책을 집필했다.

여행이 일상이 된 사람은 별로 없다. 젊은 날에 잠시 떠났던 배낭여행은 세월에 지쳐 추억으로 남을 뿐인데 그녀는 무엇 때문에 그렇게 오랫동안 전 세계로 떠돌았던 것일까. 그녀는 독일여행 책을 내고 12년 만에 다시 책을 내면서 '왜 떠나는가' 하는 질문에 대한 답을 이렇게 내렸다.

"아파서 떠났다.
그게 여행의 시작이었다."

인생을 영원히 함께할 것 같은 사람과의 이별을 경험한 후 여행마저 위로가 될 수 없다면 도저히 살아갈 자신이 없었기에 그녀는 한국을 떠났다. 죽으려고 떠난 여행에서 그녀는 죽지 못했다. 80일간의 인도 불교성지 순례가 끝나면 조용히 죽을 작정이던 그녀는 결국 여행을 선택했다. 성지순례로 시작된 인도여행은 그녀에게 명상이라는 인연의 고리를 만들어 주었다. 영원한 동반자라고 생각한 그 사람을 잊기 위해 떠난 여행길에서도 마음을 진정시킬 수 있는 것은 명상뿐이었다.

　그 후 그녀는 삶의 의미를 찾다가 세계인들이 찾아가는 위빠사나 명상센터를 찾았고, 곧 오묘한 명상의 세계에 푹 빠져들었다. 그런 사실을 증명하듯 카페 책장엔 명상책들이 가득 꽂혀 있었다.

　명상을 시작한 그녀는 인도에서 아쉬람을 찾아다니는 여행을 계속했다. 그래서 지금까지 여행을 하면서 어디서나 명상의 시간을 스스로 만든다. 그리고 코로나 이전까지 한 번도 여행을 중도 포기한 적이 없다.

여행이 일상이고 인생이 여행이었던 그녀는 코로나19로 인해 외부로 향했던 눈을 내부로 돌리기 시작했다. 항상 길을 걸었던 그녀가 한 공간에 가만히 스스로와 대면하는 건 힘든 시간이었다. 코로나로 자살하는 사람이 생기면서 여행을 인생의 전부라고 생각했던 그녀도 자살 충동을 느꼈다. 그때, 청년 시절 죽기 위해 떠났던 죽은 자의 도시 인도 바라나시가 떠올랐다. 갠지스 강변 마을에 머무르는 동안 죽은 자를 태우는 연기를 보며 아이러니하게도 살고 싶다는 생각이 들었던 것이다.

삶과 죽음의 경계에서 그녀는 인도를 세 번이나 다녀왔다. 첫 번째 여행은 80일간 불교성지를 순례하기 위한 순례자 여행이었고, 두 번째는 현지에서 6개월 살아보기 위한 체류 여행이었고, 세 번째는 죽음과 삶에 대해 한 걸음 물러나서 생각하는 여행이었다.

바라나시 화장터에서 끊임없이 죽어 나가는 육체들을 보면서 그녀는 마음이 불편했다. 애초에 죽음을 생각한 여행이었으나 죽음이 넘쳐나는 곳에서 정작 죽고 싶지 않았다. 갠지스 강으로 던져지는 타다 남은 시체처럼 이야기를 그만 끝내고 싶지 않았던 것이다.

코로나가 찾아오고 8개월 동안 병 치료를 하고 글을 쓰면서 그녀는 여행에 대한 환상이 완전히 깨졌다. 그러자 진짜 자신이 누구인지 보이기 시작했다. 그녀는 거울 앞에 서서 스스로에게 물었다. '내가 누릴 수 있는 자유는 얼마만큼인가.'

그녀에게 지금 필요한 자유는 조용히 스스로를 바라볼 수 있는 시간과 공간이다. 이제 그녀는 기차를 타고 여권도 필요 없고 캐리어도 필요 없는 그녀의 집으로 조용히 돌아간다.

여행 없는 여행

이다빈

대청소를 하기 전
카페를 한 바퀴 돌면서
세계일주를 한다
그림 같은 스위스 엽서
뉴욕 자유의 여신상
스페인 지평선을 수놓던 노란 해바라기
하와이 알로하 꽃다발
50리터 쓰레기봉투로 모두 들어간다
쓰레기봉투가 차오를수록
마음은 비워진다
빛바랜 여행사진 너머
멈추지 않는 기찻길이 보인다
나침반도 없이 떠돌다
아무도 가지 않은 길에 묻어둔 설움
조용한 절망의 끝자락에서
진짜 여행이 시작되었다

아침여행

김선애 / 어린이집 교사

아침 7시. 그녀는 어린이집으로 출근하기 전까지 한 시간의 여유를 남기고 집을 나온다. 마른 버짐 같은 빛이 가로수에 머물기 시작한다. 뭉텅 잘려나간 가지에 간신히 매달린 잎사귀 몇 장이 가난한 손을 흔든다. 이른 아침부터 분주한 차량들은 검은 아스팔트 위에 거친 바퀴를 옮긴다.

코로나 기간이 길어지면서 이동하기 편하고, 시간 제한 없고, 타인과의 접촉도 없이 즐길 수 있는 여행을 찾던 그녀는 출근 전 한적한 길가에 차를 세우고 음악을 듣거나 차를 마시는 여행을 하기 시작했다. 그녀는 매일 한 시간 일찍 집을 나와서 일부러 낯선 곳을 돌아다니는 아침여행을 하고 출근한다.

계양산과 철마산을 품은 원적산맥이 바다로 길게 뻗어 있는 서곶로를 지나니 아라뱃길 시천교가 보인다. 시냇물이 뱃길이 되면서 다리도 높아졌다. 덕분에 검암역 시천교 전망대가 생겼고, 자전거를 위한 길이 사람의 길보다 먼저 만들어졌다. 생기 없는 도로가 숨을 쉰다. 이른 아침은 늘 그렇다.

"카페에서 모닝커피 한 잔 하자고 했던 것도 아침여행을 하는 저에겐 익숙한 말이죠."

"집 주변 조금 돌아다니고 차 안에 앉아 시간 보내는 것이 무슨 여행이에요?"

"자기 거주지를 떠나면 모두 여행 아닌가요? 집이 아닌 모든 공간이 저에겐 여행지예요."

차에서 내리지 않고 한 지점을 멍하니 바라보거나 인적 없는 곳에서 해가 뜨는 모습을 보는 것이 그녀 식의 여행이다. 여행에 장소가 크게 중요하지 않다고 생각하는 그녀는 한 장소에서 달팽이처럼 여행하는 것을 좋아한다. 굳이 멀리 떠나지 않아도 되는 자연과 에너지를 주고받는 아침여행은 내면과 만나는 시간이다. 코로나 시대에 이런 여행이 더없이 좋다는 것을 그녀 스스로도 확인받고 있다.

그녀의 아침여행은 아라뱃길을 따라 국토의 서쪽 끝에 위치한 정서진까지 이어진다. 여객터미널이 보이는, 가로등이 겹쳐지지 않은 곳에 주차를 하고 차창 밖 움직임을 관찰한다. 시선은 땅바닥을 떠나 멀리 인천 바다로 흘러간다.

"멀리 떨어져 사람이 움직이는 모습을 보면 거룩한 씻김을 당한다는 느낌이 들어요."

그녀는 신선한 아침공기를 마음껏 들이마셨다.

"왜 이런 여행을 하는 건가요?"

"멈춤이에요. 아침에 잠깐 멈추면 하루가 달라져요. 우리 일상이 너무 분주하잖아요. 노래를 부를 때 숨을 쉬는 시점을 모르면 그 노래가 예쁘지 않잖아요? 낭송도 마찬가지예요. 숨만 잘 쉬어도 달라요."

아이 둘을 키워야 했던 그녀는 직장을 온전하게 다닐 수가 없었다. 직장을 구해도 아이들이 있는 교육기관과 가까운 일자리를 찾기가 힘들었다.

회사에 몰입해서 일을 할 수도 없고 집안일에 몰입할 수도 없었지만 별다른 대응책을 마련할 수 없었다. 그러다가 답답한 현실을 벗어나기 위해 자격증을 따기 시작했다.

"사람들이 안 한 게 뭐냐고 물어봐요. 정말 웬만한 건 하려고 엄청 노력했어요. 직장 다니면서도 저녁 시간과 주말에 뭐든지 했어요. 내가 아는 게 많지 않다고 생각하고 이것저것 계속 뭐라도 하다 보니까 많아졌어요."

어린이집 교사를 하면서 시낭송과 연극, 작사까지 병행하고 있는 그녀는 어느 날 숫자에 쫓기면서 살고 있다는 생각이 들었다. 횡단보도 숫자에 쫓기고, 아침 출근시간 숫자에도 쫓기고, 숫자가 자신을 채찍질하면서 달려가고 있었다. 쉼표를 찍을 수 있는 여행이 절실한 상태였다.

"아침에는 에너지가 많고 시간이 천천히 가는 느낌이 들어요. 아침에 일찍 시작하면 다급하지가 않아요. 뭘 놓고 와도 다시 갔다 올 수 있는 시간이 있죠. 아침에 에너지를 쓰면 오후는 누리는 시간이 되죠. 그러면 저녁도 편안하게 보낼 수 있고요."

시골에서 나고 자란 그녀는 아침여행을 하다 보면 길가의 풀 한 포기에도 의미가 들어 있다는 것을 느낀다. 풀을 가만히 보고 있으면 어렸을 때 풀 뽑던 기억, 나물 뜯던 기억, 꽃이 피었을 때 어떤 모양이었는지도 떠오른다. 그러다 보면 이 풀이 인간에게 먹혔을 때 어떤 기분일까 하는 생각으로까지 발전한다. 풀이지만 어떨 때는 술이 되고, 어떨 때는 나물이 되고……

"30분 일찍 어린이집에 도착해서 주차장에 차를 세워놓고 차 안에서 저만의 시간을 보낼 때도 있어요. 차장 밖으로 주차장 풍경을 보면 차가 2중, 3중 주차되어 있는 와중에도 비어 있는 자리가 있어요. 그걸 보면서 사람이 죽는다 죽는다 소리를 할 게 아니라 뭐가 됐든 시도를 해보는 것이 살아 있는 게 아닐까 하는 생각이 들어요. 코로나 때문에 힘들다고 하면서 정작 아무것도 안 하고 가만히 있는 사람들이 많아요. 극복하려는 의지가 있는 사람들은 힘들어도 움직이고 있는 것 같아요. 기계도 나사가 풀리면 멈춰 서듯 사람도 끊임없는 정비가 필요한 것 같아요. 그런 생각이 들 때마다 나도 기름칠을 좀 해야지 하는 반성을 하죠."

"집이 아닌 모든 공간이
저에겐 여행지예요."

"새로운 것을 보면 기존의 것이 낡았다는 것을 알게 돼요. 아침 풍경도 어떻게 보느냐에 따라 다르게 보여요. 오늘 아침에 앰뷸런스 한 대가 지나가는 걸 봤어요. 어떤 사람은 일어나자마자 병원으로 실려 갔고, 어떤 사람은 출근을 했고, 어떤 사람은 오늘 뭐하고 놀 것인지를 고민하죠. 시작점이 모두 다른 거예요. 아침여행은 내가 오늘 아프지 않은 것에 대해서 감사했는가, 저 강물을 볼 수 있는 것에 감사했는가, 내가 오늘 먹을 것에 대해 걱정하지 않는 것에 감사했는가를 자각하는 시간을 갖는 거예요. 감사는 내 삶에 대한 존중이죠."

아이들 씻기고, 체온 재고, 마스크 씌우는 전쟁 같은 어린이집 일상에 그녀의 몸에 있던 비정상세포들도 분열되었다. 파김치가 된 몸이 회복되기도 전 아침을 시작하는 삶을 반복하고 싶지 않았던 그녀는 코로나 이후 어린이집 앞에 도착해서도 틈만 나면 쉼표를 찍는다.

어제 본 강은 오늘의 강이 아니다. 우리가 있든 말든 세상은 흘러간다. 내가 존재함으로써 사물은 가치를 가진다. 집 안에서 존재했을 때는 집 안에서의 존재 의미가 있지만 나와 있으면 나와 있는 세상 전체가 의미를 준다.

드라이브로 하루를 여는 그녀에게 아침여행은 코로나로 잃어버린 삶을 되찾게 해주는 귀중한 시간이다. 밖으로 나와 있을 때 삶의 폭이 더 커진다는 것을 그녀는 알고 있다. 그녀에게서 감염되지 않은 인천의 냄새가 났다.

아침에 보이는 것들

이다빈

출근 재촉하는 시계바늘
어둠 속에 밀어 넣고
가장 신선한 아침을 맞는다

꽃뫼마을 아침빛 눈에 감기고
농막에서 마시는 커피 한 잔
아라뱃길 여울 따라
느린 바퀴 굴려
정서진에서 마주하는 하루의 쉼표

달팽이처럼 느린 시간의 여울 따라
손끝으로 기운 모으면
어제 죽었던 풀들 살아나고
올망졸망 고운 눈망울
끄덕끄덕 바라볼 수 있어 좋아라

살기 위해 떠납니다

정화용,안혜연 / 은퇴 교사

코로나로 사람들이 밀폐된 곳보다 도시 근교의 널찍한 카페를 찾게 되면서 큰 평수의 카페들이 속속 들어서고 있다. 2천 평이 넘는 카페 내부의 넓은 창으로 고모리 저수지가 한눈에 바라보인다. 카페에 나란히 앉은 부부의 모습이 편안해 보인다.

"집에 있으면 지지고 볶아요. 그래서 나가는 거예요. 나가면 경치에 몰입하니까요. 다들 코로나 때문에 여행을 못 간다고 그러는데 우리는 가까운 곳이라도 나가야 숨을 쉴 수가 있어요. 생존을 위해서라도 우리는 여행을 해야 돼요. 우리 어머니가 98세이신데 영동에 계세요. 형님과 내가 교대로 어머니를 찾아뵙기 때문에 부담되는 여행은 못 해요. 그래서 이렇게 자가용으로 갈 수 있는 곳만 찾아다니는 거죠."

남편이 퇴직을 할 즈음 코로나가 찾아왔다. 코로나로 인한 집콕은 남편에게 불안과 우울감을 가져다주었다.

남편은 숨 쉴 곳을 찾기 시작했다. 그래서 처음엔 안전하고 가까운 산을 올랐다. 주중에 산에 가니 사람이 거의 없어서 즐거움을 마음껏 누릴 수 있었다. 위드 코로나로 접어들면서 여행을 좋아하는 남편은 전국의 둘레길을 다니면서 역사를 공부하고 싶었다. 하지만 지리산 둘레길을 걸으려고 했던 희망은 오미크론 변이로 좌절되고 말았다.

부스터샷 3차접종도 하고 퇴직교사, 대학, 고향, 교회 친구 연말 모임 등을 모두 취소하면서 방역 지침을 따랐지만 코로나는 물러갈 줄 몰랐다.

아내와 집에 같이 있으니 아내의 잔소리는 날로 느는 것 같았다. 퇴직한 대부분의 부부는 집에 있는 시간이 많아지면 갈등이 생긴다는 말을 주변에서 익히 들어온 남편은 아내의 잔소리를 피할 방법을 궁리했다. 그러다가 차를 타고 집 근처 가까운 유적지를 개척하기 시작했다.

"생존을 위해서라도
우리는 여행을 해야 돼요."

"작은 유물 하나라도 발견되면 역사가는 흥분하며 상상하죠. 역사 속에 담겨 있는 이야기는 새로운 곳을 여행하는 것만큼 흥미로워요. 역사를 공부하면 그 시대 사람들이 왜 그 길을 가야만 했는지 표지석 하나에서도 의미를 찾게 되죠.

우리 둘 다 전공이 역사라 뭐든지 역사적인 시각으로 보게 돼요. 그게 장점이자 단점인데 나도 모르게 역사적인 것이 나오면 눈을 크게 뜨게 되는 겁니다. 어딜 가게 되면 여긴 역사적으로 관련된 것이 뭘까 하며 찾게 되는 거죠. 교사들과 여행을 다니면 더 진지해요. 그래서 피곤할 때가 있죠. 아직 선생 티를 벗지 못하고 있는 건지도 몰라요."

역사 교사였던 두 사람은 같은 직장에서 만났다. 역사라는 공통 관심사를 가진 부부는 유적지로 향하는 동안 호흡이 척척 맞는다. 집안에서 다투던 모습은 온데간데없다. 남편이 자연스럽게 묻고 아내가 대답한다.

학교라는 울타리 안에서 규칙적인 시스템과 한몸이 되어 살아왔던 부부에게 여행은 숨통을 틔워 준다. 30년 가까이 직장이란 틀 속에서 살아오면서 가장 절실한 것은 여행이었다. 여행지에서는 어떤 역할을 하지 않아도 되기 때문이다.

아내는 5년 전 먼저 명예퇴직을 했고, 남편도 3년 전에 퇴직했다. 퇴직 전 남편은 늦게 들어올 때가 많았다. 아내 역시 퇴근하면 쌓여 있는 집안일 하기 바빴다. 육아와 직장을 병행하는 여자의 삶은 아이가 크기 전까지는 자기를 돌볼 겨를이 없다. 게다가 아내는 10년 전 유방암 진단까지 받았다. 휴직을 하고 치료를 하면서 쉼이 얼마나 필요한지 알게 되었다. 겉으로 무뚝뚝해 보이는 남편은 아내가 암에 걸렸다는 사실에 적잖이 놀랐는지 그때 심장에 이상이 왔다.

"코로나 사태가 생긴 지 2년이 넘었잖아요. 코로나 시기엔 남들을 의식할 수밖에 없는데 그러다보니 집 근처를 많이 다녔죠. 포천, 양주, 파주, 연천, 동두천 등 집 근처에 좋은 데가 너무 많아요. 그런 곳을 가다 보니 주변에 있는 카페도 자주 찾게 되는 것 같아요."

차 한 잔 값이 식사 한 끼 값이라고 카페엔 발을 들여놓지도 않던 남편은 코로나 때문에 카페에도 재미를 붙이게 되었다. 그래서 요즘 부부는 유적지 가까이 있는 곳에 널찍한 카페가 보이면 카페에 앉아 책도 보고 SNS에 올릴 글도 쓰고, 유튜브도 찍는다.

남편의 페이스북에는 아내와 함께 찾은 여행지 글들이 수두룩하다. 구독자 수가 4~5만이나 되는 가족 채널을 운영하고 있는 남편은 유튜브 방송을 본격적으로 해보고 싶은 생각도 가지고 있다. 하지만 일에서 해방되었는데 또다시 일이 될까봐 선뜻 빠져들지 못하고 있다.

"여행지 영상을 자주 찍는데 앞으로 이런 것을 유튜브로 편집해서 운영해 봐야겠다는 생각을 하고 있어요."

남편은 집에 가만히 있으면 못 사는 성격이다. 인문학 해설사 활동을 하기 위해 망우리 인문학 가이드 아카데미를 수료했는데 코로나 때문에 시작도 하지 못했다. 여행을 계획하면서도 이후의 삶의 패턴을 끊임없이 모색하고 있는 남편은 앞으로 유튜브 콘텐츠 개발도 하고, 촬영도 하고 편집도 직접 해보고 싶어 한다.

"생각해 보니까 앞으로 15년 정도까지 마음껏 다닐 수 있을 것 같더라고요. 그래서 더 절실해요."

예전엔 차를 타면 쉬지 않고 내달렸는데 요즘은 운전을 하다가도 몇 번이나 쉬어 갈 정도로 몸이 예전 같지 않다는 것을 느낀다.

"오로라도 보고 싶지만 코로나 기간에 다녀보니 국내도 아직 갈 데가 많은 것 같아요."

남편은 아내와 같이 여행을 다니려고 노력한다. 자신을 늘 상대해 주고 놀아줄 사람은 아내밖에 없고 아내가 곁에 있는 것도 운명이고 은혜라 여기고 있다.

카페 밖으로 나오자 코로나에 묶인 오리배들이 보인다. 자식들도 하나 둘 출가하고 60갑자를 훌쩍 넘긴 부부는 이제야 한 곳을 같이 바라볼 수 있는 여유가 생겼다.

야외 손님이 없어 늘어져 있던 고양이가 부끄러운 듯 그들 속으로 들어왔다. 기운 있을 때 멀리 쿠바와 남미부터 다녀와야겠다는 부부의 바람을 코로나가 어떻게 이끌어 줄지는 알 수 없다.

겨울로 가는 사랑

이다빈

수락산 청학천 발 담그니
억척으로 자라난 시간
물비늘 반짝이며 찾아들고
수줍은 듯 얼굴 못 들고
바람 옆으로 비껴선 풀잎들
철지난 노랫소리에
부드럽게 온몸 내어주네

한 박자 느리고 희미한 저녁숲
불안과 갈증이 찾아들 때
봄에서 겨울로
사랑에서 우정으로
여행가방에 담긴 함께한 기억들
찰랑찰랑 마음을 휘감고
구름 같은 집으로 가네

Part 2

역사에서 길을 찾다

최철호 / 성곽길역사문화연구소 소장

"함박눈이 내리면 풍년이 든다"고 했는데 소한과 대한 사이 인왕산에 눈이 펑펑 내렸다. 임인년 인왕산의 기운을 듬뿍 받으며 한양도성 성곽길을 따라 올라가는 사람이 있다.

땅과 곡식의 신에게 드리는 제사를 지내는 사직단의 텅빈 두 개의 제단이 하얗게 눈으로 덮였다. 신이 내려오는 북 신문(北神門)을 바라보며 그는 마음속으로 제를 올렸다. 일제가 사직단의 모든 건물을 불태워 버리고 사직단의 격을 낮추기 위해 사직공원으로 바꿔 버렸지만 한민족의 마음을 바꿔 놓지는 못했다.

한국생산성본부 지도교수로 가이드를 교육시키며 한국의 역사와 문화를 알리는 역할을 해온 그는 코로나19로 많은 일들이 중지되고 말았다.

　"우리나라의 성곽이 있는 곳은 모두 저의 강연장입니다. 코로나가 있기 직전에 지역의 인재개발원 강의 계획이 있었는데 코로나 사태가 일어나자 멈춰 버렸죠. 코로나가 처음 시작될 때만 해도 한 달씩 연기되면서 곧 진정되고 강의가 재개될 것이라 생각했어요. 하지만 1년, 2년이 지나면서 사회적 거리두기와 사적모임 규제로 현장 강의는 거의 멈춰 버렸어요."

　땅을 밟고 돌의 숨소리를 들으며 역사 속 사람들과 소통하는 것이 그의 큰 즐거움이었는데 코로나로 대부분의 강의가 온라인 줌 수업으로 전환되었다. 교육을 받는 사람들이 모두 음소거를 하고 있는 가운데서 하는 강의는 직접 소통을 좋아하는 그에게는 유쾌하지 못한 일이었다.

　초대하지 않았던 코로나가 잠시 있다 가기를 바라며 버텼는데 변이를 거듭하며 공기중에 떠돌고 있자 사람이 모여야 되는 그의 강의도 횟수가 점차 줄어들었다. 한국생산성본부나 국방부, 기업, 지자체 등에서 이미 책정해 놓은 예산도 코로나 예산으로 모두 빠져 나가자 그는 새로운 모색을 해야 했다.

"코로나 이전에는 주로 생산성본부에서 CEO와 승급자들을 대상으로 강연을 했어요. 강력한 코로나 방역 규제 때문에 행사를 기획하는 사람이나 강연자, 강의를 받는 사람 모두 우울해졌죠. 사실 조직의 리더들은 오히려 이런 시기에 조선 519년 동안의 27대 왕들에게서 답을 찾아야 해요. 외세와 역병을 만났을 때 왕들은 어떻게 대처했는지 역사를 공부하면 적절한 답을 찾을 수 있지 않을까 생각해요."

전 세계 사람들을 위협하는 코로나 바이러스와 같은 진염병 이야기는 역사 속에도 자주 등장한다. 눈에 보이지 않는 바이러스는 시대와 장소를 가리지 않고 사람들을 공포에 떨게 했다. 그래서 전염병을 호랑이가 살점을 찢어내어 찌르는 듯한 고통을 준다는 뜻의 '호열자(虎列刺)', 요괴스럽다는 뜻의 '괴질(怪疾)' 등으로 불러왔다. 우리가 욕을 할 때 쓰는 '염병(染病)'은 전염병의 줄인 말이지만 욕설과 같은 독한 표현으로 이 단어가 쓰인 것을 보면 전염병이 얼마나 무서운 것이었는지 알 수 있다.

하지만 이런 역병들을 지도력으로 극복한 왕들도 있다. 세종은 재위 기간에 역질이 발생했을 때 시체를 땅에 묻으라는 지시를 이행하지 않은 관리들을 엄벌하고, 민간에 퍼져 있는 잘못된 소문을 바로잡았다. 또한 과거에 있었던 전염병 대응 사례를 연구해서 역질의 근본 원인과 효과적인 대책을 마련하라고 지시해서 의학 서적을 간행하고 의료 수준을 높였다.

그는 코로나 기간 동안 위기를 극복한 역사 속 인물들을 떠올리며 한양도성 성곽길을 매일 걸었다. 해방촌 아래 있는 사무실에서 「오발탄」의 철호를 생각했다. 다시 책을 쓰기로 했다. 코로나로 고민하는 CEO가 코로나 시대에 맞는 경영을 하기 위해 길 위에서 길을 찾는 이야기다. 원고를 완성했지만 코로나 시대 여행책의 판로가 분명치 않은 상황에서 출판조차 미루어졌다.

사람들이 역사를 이야기하면 집중하지 않는다는 사실을 잘 알고 있었던 그는 학문에만 갇혀 있는 역사학자가 되기보다 길을 걸으며 현장에서 이야기하고 싶었다. 그래서인지 현장에서의 그의 강의는 펄떡펄떡 살아 움직인다.

'최철호 소장과 함께하는 우리동네 방방곡곡'이라는 칼럼의 제목처럼 그는 도성 안과 성저십리에 있는 52방을 걷다가 멈추며, 한양도성에 얽혀 있는 오래된 숨은 이야기를 찾아낸다.

고산자 김정호의 '수선전도'를 바탕으로 직접 그린 성곽길 지도를 늘 품고 다니는 그가 처음부터 역사 가이드를 한 것은 아니다. 20여 년 언론사에서 콘텐츠 작업을 하면서 사람들의 일상을 관찰하게 되었다. 교과서로 배운 역사 속 인물은 대중과 멀리 있어 보였다. 성곽길을 걸으면서 현재를 사는 사람들은 역사의 인물과 어떻게 연결되어 있으며 그것을 어떻게 풀어낼까 고민했다. 영조는 성곽을 걸으면서 백성들을 만났지만, 성곽을 와 보지 않은 왕도 많았다. 학자들은 왕의 이야기에 주목하지만 그는 백성들의 삶에 관심을 두었다.

"용산 같은 경우에는 예전엔 '용산방'이었고, 미군기지는 '둔지방'이었는데 미군기지가 들어서면서 없어져 버렸죠. 이름의 역사 속으로 들어가서 그 속에 누가 살았을까 하는 것이 저는 늘 궁금했어요. 용산방에는 용산강에서 나룻배를 젓던 김서방도 있었을 거고, 배를 대서 염전을 가지고 오는 어부도 있었을 테고……."

"안 보인다고
없는 건 아니지 않습니까?"

"아무런 생각 없이 보면 돌로 만든 성벽일 뿐이지만 도성의 돌들엔 시간이 담겨 있어요. 이어져 있는 것 같지만 100미터마다 시간이 다릅니다. 저는 그 성돌을 보면서 그것을 만든 사람들을 생각합니다.

한양도성을 쌓을 때 백악에서 시계 방향으로 600자 씩 천자문 순서대로 97개 구간을 하늘 천(天)에서 시작하여 97번째 조(弔)까지 배분했어요. 그리고 담당 구간의 책임자 이름도 적어두었어요. 만약에 무너지면 그 감독관을 부르면 되는 것이죠. 600년 전부터 공사책임제가 시행되었는데 지금 우리는 연말만 되면 인도의 돌을 뜯어내잖아요. 공무원들에게 강의할 때는 제가 찍은 90장 정도의 사진을 넣은 PPT 자료를 가져가 보여주면서 연말에 자꾸 돌 뜯어내지 말고 공사 담당자 이름을 적어 두라고 말하죠. 편하게 왔던 분들이 제 강의를 듣고 마음이 편하지 않게 되죠."

"도성의 성돌에는
시간이 담겨 있어요."

그는 다시 한양도성 성곽을 따라 인왕산으로 올라간다. 지리산 아래에서 태어난 그는 산을 오르지 않으면 숨을 쉴 수가 없다. 그는 사찰 일주문 현판처럼 지명 앞에 산을 꼭 붙여서 말한다. 지리산 산청, 지리산 남원, 목멱산 아래 첫 동네 해방촌……. 지역 이름에 산을 넣으니 지역 간의 갈등도 없어진다.

한양도성은 조선의 안녕과 왕의 권위를 온 백성에게 보여주는 상징물이었다. 성벽으로 둘러싸인 수도 한양을 외부와 연결하기 위해 모두 8개의 문을 설치했는데 동서남북 4개의 큰 문과 그 사이에 4개의 작은 문으로 사람들이 드나들었다. 사대문은 사람이 갖추어야 할 유교의 덕목인 인의예지신의 의미를 담아 각각 흥인지문, 돈의문, 숭례문, 소지문(숙정문), 보신각이라 이름지었다. 역대 조선의 왕들은 도성을 잘 관리해왔으나 고종이 강제퇴위 당하고 일본의 압력으로 숭례문 좌우 성벽이 철거되면서 도성은 대한제국과 함께 몰락의 길을 걷게 되었다. 일제강점기를 거치면서 한양도성 18.627km의 36%가 사라졌다.

"북한엔 개경도성이 있고, 남한엔 한양도성이 있는데 같은 시점에 일제에 의해서 무너졌거든요. 남북한 경협을 할 때 사회주의, 자본주의를 떠나서 성곽을 가지고 이야기하면 접점이 찾아집니다. 제가 성곽에 집중하는 이유는 성곽에서 보면 이야기가 다 되기 때문입니다. 인조가 남한산성으로 피난 갈 때는 광희문을 통해서 갔고, 강화도로 행궁할 때는 숭례문을 통해서 갔고……. 성곽을 쌓기 전의 이야기는 위로 거슬러 올라가면 되죠. 이방원 이야기가 나오면 정몽주 이야기가 나오고, 정도전이 나오고, 최영 장군이 나오고, 위화도 회군이 나오고……."

인왕산으로 오르던 그는 우리나라 국궁의 성지 황학정 앞 한 귀퉁이에 눈을 덮어쓰고 있는 바위 앞에서 멈췄다. '등과정(登科亭)'이라는 글씨가 바위에 음각으로 새겨져 있었다. 조선시대에는 무과 급제를 위해서 서울 장안에 활쏘기를 하던 곳이 많았다. 갑오개혁으로 군대 무기에서 화살이 제외되자 활쏘기 터는 '등과정'을 새겨 넣은 바위만 남긴 채 사라지고 말았다.

등과정 터에 있는 황학정은 일제에 의해 산산조각이 난 경희궁에 있던 황학정이 국궁을 하던 사람들에 의해 인왕산 자락으로 옮겨 지은 것이다. 황학정은 고종이 활쏘기를 하던 장소였는데 활을 쏜 후 고종의 모습이 마치 한 마리 학과 같았다고 해서 '황학(黃鶴)'이라 이름 붙였다. 황학정 앞 국궁의 맥을 잇는 사람들의 모습이 마치 과거시험을 준비하는 선비들 같아 보였다.

인왕산 성곽길 초입 도로변에 황금색 호랑이 상이 반쯤 눈에 덮여 있었다. 백악산을 주산으로 '좌청룡 우백호'의 '우백호'가 바로 인왕산이다. "인왕산을 모르는 호랑이가 있나?"라는 속담이 있을 정도로 인왕산엔 호랑이가 많았다.

옆으로 길게 누운 호랑이 같은 바위 위로 내린 눈이 빛난다. 코로나가 기승을 부려도 우백호 인왕산은 여전히 한양도성을 지키고 있다. 임인년 성곽길에 서서 함박눈을 맞으며 그는 호랑이처럼 코로나에 맞설 담대한 용기를 내어 본다.

시간여행자

이다빈

밤새 붉은 상처 지워놓고
막 새로 피어난
희디흰 야윈 시간꽃
겨울도 성곽처럼 익어간다
길은 보이지 않아도
어둠 속 속삭이는
시간의 말씀 따라
사리처럼 세상도 하얗게 피어난다
오늘같이 촐촐히 눈오는 날
먼저 떠난 이들처럼
보이는 세상 다 덮어버리고
솟아오르자 한 번만이라도

비상을 위한 준비

최한원 / (주)파트너투어 대표

    어느 날 갑자기 나타나서 전 세계를 뒤흔든 의문의 바이러스에 사람들은 꽃잎처럼 흩어졌다. 관광지에 넘쳐나던 국내외 여행자들의 발길이 뚝 끊겼다. 코로나19로 가장 큰 타격을 입은 곳은 여행사다. 코로나 시국 2년이 되어가자 여행업 종사자들은 일자리를 잃어 실업자가 되거나 다른 일자리를 찾았다. 위드 코로나의 희망도 잠시 신규 확진자가 갈수록 늘어나고 오미크론 변이 바이러스의 확산으로 여행사들의 기대감은 다시 바닥으로 떨어졌다.

"더는 못 버티는데……."

그는 코로나로 인한 공백 기간 동안 빈 사무실을 매일 출근했다. 남들은 택배 일을 하러 나갔지만 오기로 버텼다. 매일 책상에 앉아 유튜브만 보고 있는데 누가 걷기운동을 하라고 해서 하루에 25,000보씩 4시간에서 4시간 반 정도를 걸었다. 아침에 출근해서 한강변을 걷고, 점심 먹고 뒷동산 걷고, 저녁 먹고 동네 걷고……. 그렇게 했더니 몸무게가 15kg이나 줄었다. 1년 중 150일 가량을 여행지에서 보내던 그에게는 처음 있는 일이었다.

코로나19 이후 여행사 4곳 중 하나가 문을 닫았고, 살아남은 여행사 중에서도 코로나가 장기화 되면서 매출이 거의 없는 곳이 대부분이다. 대형 여행사는 코로나 이후의 상황을 대비해 홈쇼핑 방송을 통해 잠재 고객을 선점하고 있지만, 작은 여행사들은 폐업을 하거나 직원들은 여행업계를 떠나기도 했다. 그도 코로나가 길어지자 버티다 못해 직원을 쉬게 할 수밖에 없었다.

그렇게 세월을 보내던 그에게 한 줄기 희망이 보였다. 백신 접종에 속도가 붙으면서 위드 코로나로 접어들 것이라는 뉴스가 들렸던 것이다. 현장체험주의자인 그는 자가격리가 없어진다는 얘기를 듣고 9월에 바로 티켓을 끊어서 산티아고를 갔다. PCR 검사는 어떻게 하는지, 현지 분위기는 어떤지 눈으로 보지 않고는 견딜 수가 없었다.

그는 산티아고 길에 있는 알베르게(순례자 숙소)에서 33일 동안 현지인들과 함께 잠을 자며 현장의 모습을 살폈다. 산티아고 순례길을 걷는 사람은 코로나 이전의 절반 정도 되어 보였다. 알베르게는 수용 인원의 70%를 받는 데도 있었고, 50%의 인원만 받는 곳도 있었다. 그러다보니 숙박비도 많이 올랐다.

동양인들은 많지 않았는데 특히 중국은 '제로 코로나'를 선언하고 공산주의 체제답게 아주 강력한 방역 정책을 고수하는 바람에 한 명도 볼 수 없었다. 그는 몇 안 되는 한국 사람이 그렇게 반가울 수가 없었다. 새로운 기획이 떠오르면서 코로나로 답답했던 그의 고민과 우울도 싹 달아났다. 현지에서 희망을 발견한 그는 기쁜 마음으로 귀국해서 다음해 3월부터 6월까지 다섯 달 동안 팔 상품을 만들었고, 한 달 만에 모객이 되었다. 항공 예약도 끝냈다.

하지만 그의 기대는 코로나 변종 바이스러스가 잇달아 생겨나면서 물거품이 되었다.

"3월 포르투갈 상품은 9월 추석 연휴로 미루었어요. 코로나기 이렇게 확산되니까 자가격리가 없다고 해도 손님들이 가지 않으려 하죠. 4월 그리스 일주팀은 취소를 해야 하나 고민하고 있어요. 취소를 하면 항공권 취소 수수료가 많아 피해가 너무 크거든요. 그때가 그리스 정교 부활절 기간이라 호텔도 미리 데포짓을 해버렸거든요."

스스로 역마살이 있고 아직도 피가 끓는다고 하는 그는 기대가 무너지자 다시 현장을 가보기로 했다. 3월 기획한 남부 이탈리아, 시칠리아, 그리스 상품의 현지 상황을 보기 위해 20일 간의 답사여행을 떠날 계획이다. 지역의 현지 상황을 체크하고 다음 여행에 대비하기 위한 준비운동을 하는 것이다.

인간은 끊임없이 여행하는 존재라지만 그는 더욱 그랬다. 그는 그동안 유럽을 300~400번이나 다녀왔고, 유럽을 한국보다 더 잘 안다. '유럽 나그네'라 불리는 그의 네임 밸류는 철저한 그의 현장 답사여행에서 만들어진 것이다.

그는 중학교 때부터 여행을 떠났다. 군대 가기 전에는 3박4일 동안 자전거 여행을 했고, 대학교 다닐 때는 지리산 종주만 33번을 했다. 돌아다니는 게 너무 좋았다. 대학 졸업하고 컴퓨터 사업을 하지 말고 여행업에 더 일찍 들어서지 못한 게 후회가 될 정도였다.

여행업에 처음 발을 디딘 곳은 유럽전문여행사로 그곳에서 총괄이사로 있었는데 유럽전문여행사가 유럽만 하지 않고 전 세계 여행을 하겠다고 욕심을 내자 그는 사표를 던지고 나왔다. 그리고 인솔자(TC) 일을 시작했다. 아무것도 모르고 맨땅에 헤딩하는 식으로 인솔자로 12년 정도 일하다 보니 유럽인보다 더 유럽을 잘 아는 사람이 되었다.

여행사의 여행상품은 옛날엔 품격, 정통, 실속 세 가지가 있었다. 지금은 품격과 실속, 두 가지로 중간 상품인 정통은 없어졌다. 젊고 유럽여행을 자주 가지 못하는 사람들이 찾는 실속상품은 시내에 호텔을 두지 않고 1시간~1시간 반 걸리는 외곽에 호텔을 두고 식사 수준을 최대한 낮추고 입장료가 없는 외관관광, 쇼핑센터 방문, 다수의 선택관광으로 진행한다. 싼 게 비지떡이라는 걸 알고 있지만 여행객들은 자신이 낸 비용은 생각하지 않고 눈높이는 품격이니 현지에서 가이드와 여행객 사이에 시비가 붙기도 한다.

"우리나라 여행은 점에서 선으로 이동하고 있어요. 버스를 다고 피렌체에서 로마로 가는 건 '점 여행'이고, 산티아고 순례길처럼 걸어서 가는 건 '선 여행'이죠. 면 여행은 한 달 살기 여행 같은 겁니다. 내가 기획한 포르투갈 한 나라 상품은 이동면에서는 점 여행이지만 선을 그 도시에다가 두는 것이죠. 핵심도시 리스본에 2박, 3박을 하면서 그곳에서 혼자 걸어다니면서 자유롭게 선 여행을 하는 겁니다. 다른 곳으로 이동할 때는 다시 점으로 갈 수밖에 없으니 차량을 이용하죠. 만약 포르투갈 리스본이 좋아서 한 달 살기를 하고 싶다면 다시 돌아와서 고객이 직접 항공과 아파트먼트를 예약할 수도 있지요."

자기를 위해 투자할 수 있는 것은 여행밖에 없다. 파편화된 '나노사회'의 트렌드 속에서 회식문화에 익숙한 586세대도 홀로 자유롭게 살아남기 위해서 모험을 떠나고 싶어 한다. 그 자신도 586세대이고 그의 고객도 586세대다. 50대는 다른 어떤 세대보다 산업화 시대를 능동적으로 거쳐 왔으며 은퇴를 앞두고 있다. 그래서 그는 배낭여행을 못해 본 세대인 586세대를 위해 버스배낭여행 상품을 준비하고 있다.

스마트폰 시대, 위치를 몰라도 휴대폰 지도가 알려주는 대로 가면 되고, 검색하면 웬만한 맛집은 찾을 수 있다. 말이 안 통하면 통역기를 쓰면 되지만 이동과 안전, 길 안내자가 있으면 만족도를 훨씬 높일 수 있다는 것이 그의 생각이다.

"포스트 코로나 시대의 여행은 각자 자기 타깃대로 갈 겁니다. 이제 항공권도 여행사에게 커미션을 주지 않아요. 여행사에서 제일 먼저 없어질 게 카운터 발권 업무인데 인원이 많이 줄어들었어요. 옛날엔 그게 최고의 노하우였죠. 지금은 손님들이 직접 예약하잖아요. 코로나 위기가 지나면 여행업에 큰 변혁이 올 겁니다. 옛날 타성으로 접근하면 살아남지 못할 거예요."

이제는 여행사에서 정해준 곳으로만 가던 여행이 인터넷 속도와 모바일의 진화로 여행지를 손쉽게 찾아볼 수 있는 시대가 되었다. 코로나19가 여행시장의 변화를 가속화 시키긴 했지만 여행시장의 흐름은 코로나 이전부터 개별시장으로 가고 있었던 것이다.

인생은 때로는 서두르기도 하고 때로는 기다리는 여행과 같다. 삶의 여행은 계속되어야 하기 때문에 경험을 채우고 싶은 여행자들이 많아지고 있다. 포스트 코로나 시대 '나를 찾는 여행'이 늘어날 수밖에 없는 이유다. 하지만 모바일에 수많은 정보가 있어도 그것을 경험하는 것은 쉽지 않은 일이다. 그의 역할은 아직 끝나지 않았다.

"여행업은 감성적인 아날로그 사업입니다. 모객만 디지털로 할 뿐이죠. 앞으로도 나는 이렇게 갈 겁니다. 이런 여행은 대형 여행사는 못하지요."

몸무게도 줄였으니 그는 코로나가 완전히 종식되지 않아도 자가격리가 없어지는 날 더 가볍게 날아오를 것이다.

자가격리 없어지는 날

이다빈

잘 닦인 도로 위를 달리던 버스들이 한꺼번에 멈추고
르네상스 꽃을 보려고 줄을 섰던 사람들도
집으로 돌아갔다
옛 도시의 낮과 밤은 여행을 멈추었고
새벽에 나온 달도 길을 잃었다

잠시 자가격리가 없어진 날
PCR 검사 뚫고 달려간 산티아고 알베르게
제로 코로나에 묶인 동양인들의 빈 자리엔
안식을 향한 순례자들만 모여들었다

모객은 디지털
여행은 아날로그
더 멀리 날고픈 나그네의 꿈은
다시 자가격리 없어지는 날을 꿈꾸며
지중해 위를 가볍게 날아올랐다

관광벤처의 도약

이영근 / (주)코스트 대표

그는 정말 스마트하고 독하게 일한다. 서울, 경북, 경주를 오가며 하루에도 다섯 번씩 미팅을 하는, 시간을 다투는 사람이다. 도시가 필요로 하는 관광 플랫폼을 직접 설계하기도 하고 운영할 사업체를 연결시켜 주기도 하는 그는 여행자들이 무엇을 원하고 있으며, 원하는 것을 구축하려면 예산을 어떻게 써야 하고, 홍보, 마케팅을 위한 과제를 어떻게 입찰화해야 하는지 데이터를 기반으로 컨설팅을 한다. 지역의 관광을 바꿔 나가는 이런 역할을 하는 사람은 많지 않다. 데이터와 관광기업에 대한 이해가 있어야 할 수 있는 일이다.

"코로나 팬데믹이 이렇게 장기화될 것이라 누가 예측이나 했을까요? 변하지 않을 것 같은 하나투어도 대규모 감원을 했고 OTA(Online Travel Agency, 온라인여행사)를 선언했습니다. 많은 동료들이 여행업을 떠났습니다. 10년 전까지만 해도 예측할 수 없었던 일이죠. 잠시 트래블 버블 협정이 있었지만 오미크론 변이로 다시 원점으로 돌아오고 말았죠. 지금 시기에는 미래를 예측하지 않는 것이 맞다고 생각해요. 대신 지금 당장 할 수 있는 일을 해야 합니다."

코로나19로 생긴 관광의 위기를 기회로 바꾸어 가는 그가 여행을 만난 것은 한참을 거슬러 올라간다. 1999년 5월 회사원 생활을 할 때 다음카페가 생겼고, 그 달에 다섯 번째로 여행 동호회 카페를 만들었다. 동호회는 점점 인기가 많아졌고 그러자 여행사로 직장을 옮겼다.

대학 전공을 바꾸어 대학원에서 관광학까지 공부하고, 강원도 해돋이열차, 겨울연가, 가을동화 등 다양하고 인기 있는 패키지여행을 직접 기획하고 상품화시켰다. 누구보다 미디어에 발빠른 반응을 해온 그는 스마트폰이 나오면서 여행을 모바일로 예약하는 시대가 열릴 것이라 예측했다. 그래서 관광벤처를 창업하면서 여행업의 변화를 주도했다. 관광벤처 인증을 두 번째로 받으며 잘나가던 업체였지만 개발이 지체되면서 결국 사업을 접고 말았다.

그 후 SNS 마케팅으로 모객을 할 수 있다는 생각을 가지고 히말라야 트레킹 프로젝트를 기획했다. 패키지 시장이 변화할 것을 전망한 그는 페이스북으로 100명 이상을 단번에 모객했다. 커뮤니티 기반의 SIT 플랫폼을 만든 것이다. 그러나 선두에 서 있으면 가장 먼저 바람을 맞듯 네팔에 지진이 일어났다. 현지에 투자한 금액이 모두 날아가 버렸다. 결국 그는 가지고 있는 재산으로 사태를 막을 수밖에 없었다.

사업 실패는 가족과 주변 사람들에게 큰 고통을 안겨 주었다. 최근 빚을 갚기까지 5년 동안 그는 잠을 자다가도 몇 번씩 밤중에 깨어났다. 파산은 생각보다 고통스러웠다.

코로나 팬데믹으로 해외로 향하는 발소리가 들리지 않게 되고 여행업계가 심각한 고민에 빠져 있을 때 그는 실패의 경험을 바탕으로 관광 자문과 컨설팅을 시작했다. 코로나가 터지자 벤처에 관심이 없었던 동료들도 변하기 시작했다.

2020년 6월, 그는 170여 개 온오프라인 여행사들의 연합체인 사단법인 한국스마트관광협회를 설립했다. 기술을 나누고 투자자를 연결하고 지자체와 협력하는 것이 절실했다. OTA, 관광벤처, 변화된 시장에 적응하려는 전통 관광기업들 모두가 모였다. 그는 이 관광기업들을 데리고 지자체를 찾아다녔다. 관광객 유입을 위해 지자체가 필요한 것이 무엇인지, 어떤 관광 콘텐츠와 상품 서비스를 기획할지 지자체에게 솔루션을 제공했다. 전국을 돌며 변화된 관광 환경을 설명하니 지자체의 컨설팅 요청이 쇄도했다.

"모든 산업이 마찬가지이지만 여행업은 직접 사람을 대해야 하고 현장에서 경험해야 하는 것이 주였기 때문에 디지털화되지 않을 거라고 다들 자만했었죠. 여행사들은 여행상품을 개발하지 않았고, 현지 랜드사로부터 상품을 공급받는 데 익숙해져 스스로 기획력을 상실해 버렸어요. 여행업은 코로나 이전에도 사실은 위기였던 것이죠. 옛날엔 여행사를 하려면 자본금이 있어야 했고, 전문지식이 있어야 했어요. 하지만 이제는 여행사의 문턱이 낮아지면서 새로운 아마추어들이 진입하기 시작했어요. 디지털 시대가 되면서 누구나 항공권을 발권할 수 있게 되었고, 가격도 오픈되었죠. 이젠 누구나 카페나 밴드를 통해서 소모임으로 여행을 떠날 수 있어요. 코로나가 그것을 앞당겨 준 셈이죠."

이전 단체여행객들은 항공사 예약시스템을 통해야만 발권할 수 있었다. 하지만 항공사가 만든 프로그램을 과감하게 도전하는 벤처기업들이 생기면서 이런 일을 전담하던 여행사들은 모두 문을 닫고 말았다.

10여 년 전 에어비앤비가 생겨나기 전까지만 하더라도 대부분의 사람들은 숙소를 공유할 수 있다는 생각을 하지 못했다. 이제는 창업자들의 경험이 공유 경제를 주도하고 있는 시대가 되었다.

"에어비엔비 호스트들이 숙박만 담당하는 게 아니라 이제는 현지의 문회와 연결해서 에어비앤비 트립이라는 것도 하고 있어요. 사실 이 플랫폼들이 하는 일은 여행사가 하던 일이에요. '야놀자'도 인터넷 카페를 통해 모텔에 대한 정보를 공유하면서 시작했는데 지금은 글로벌 여행기업으로 성장해 나가고 있잖아요? 산업이 미처 보지 못했던 작은 기회들을 발견하고 비즈니스 모델화시켜서 그 산업 전체에 영향을 주는 디커플링이 곳곳에서 일어나고 있는 것이죠. 사실 코로나 이전부터 이런 것들이 여행산업 전반에 걸쳐서 계속 생겨나고 있었어요."

그는 '디커플링'이라는 단어를 좋아한다. 세계 경제의 흐름과 달리 독자적인 경제 흐름을 보이는 현상을 디커플링이라고 하는데 디커플링은 전 산업에 걸쳐서 일어나고 있다. 신선식품을 배송하는 마켓컬리도 호텔을 판매하는 시대다. OTA조차 코로나19의 장기화로 지각변동이 일어나고 있다.

"실질적으로 1인 여행사는 자본금 천만 원이면 가능해요. 이제는 이 사람들이 관광을 소개하고 사람들을 모을 수도 있고, 자기를 브랜드화 시킬 수도 있죠. 지역에 크리에이터들이 많아야 해요."

그가 지역에 내려갔을 때 지자체들은 콘텐츠와 상품을 만들어서 유통하고 판매할 구조를 만들지도 않고 매년 수도권 단체 여행사에 의존하며 예산만 소진하고 있었다. 콘텐츠를 발굴해서 관광기업을 연결해 주고, 유통과 판매를 하는 플랫폼을 만드는 일이 필요하다는 생각이 들었다.

"경주 황리단길은 사람들이 많이 오는데 10분 거리에 있는 중심상가 시장은 불이 꺼져 있어요. 저는 홍대 상권이 상수동, 연남동, 망원동으로 옮겨 가는 걸 지켜보면서 무엇이 사람들을 성장시키고 확산시키는가를 봐왔어요. 이곳도 젠트리피케이션의 조짐이 보이고 있어서 사실 불안해요. 그래서 황리단길을 떠나는 감각적인 MZ세대들이 중심상가 쪽으로 모일 수 있는 방안을 모색하고 있죠."

지자체에서 가장 애를 먹는 것이 프로젝트에 적합한 업체와 사람을 찾는 일이다. 뉴미디어를 생산해내는 콘텐츠 기획자들, 여행작가, 블로거, PD 등은 여행지역 관광을 활성화하는 데 많은 역할을 하고 있다. 그래서 그는 작년부터 유튜브에 대한 이해, 미디어를 다루는 기술, 글쓰기 등의 내용으로 로컬 크리에이터 양성과정을 운영해서 지역 업체들이 질 좋은 여행상품을 만들고, 이를 온라인 콘텐츠로 제작할 수 있도록 돕고 있다.

"남보다 조금 일찍 관광업계에서 벤처업계로 진출했고, 실패를 통하여 뼈저리게 플랫폼을 이해하게 되었습니다. IT업계 선배들의 지원과 관광벤처 후배들의 지지로 사업을 하고 있지만, 한번 크게 망해 보니 모든 것이 내가 잘나서가 아니라 앞서 실패한 사람들의 발자취 때문이란 걸 깨달았습니다."

미디어의 형태가 다양해지면서 관광은 스마트해지고 있다. 데이터에 기반한 관광 컨설팅 수요가 증가할 수밖에 없을 것이다. 여행업계의 산증인인 그는 뒤처진 관광사업을 이끌 책임을 어깨에 짊어지고 있다. 젊은 인재들을 영입해 수평적인 관계를 유지하며 새로운 세상을 열어가는 그를 향한 미팅 콜이 쏟아져 내리고 있다.

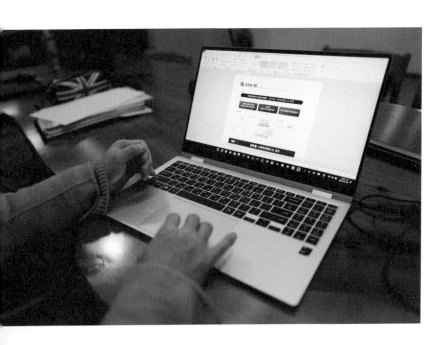

디커플러

이다빈

AI가 인간을 지배하고
집이 하늘로 올라가고
자동차가 스스로 움직여도
44사이즈 청춘들의 행복은
여전히 만원

아무런 색깔과 무게도 없이
파도처럼 이어지는 0과 1의 세계
만날 듯 만나지 않을 듯
하지만 아무것도 무너지지 않는다

소비의 사슬을 바꾸는 스타트업
커다란 갈매기가 어둠 속으로 떨어지는 곳
시장을 파괴하는 청춘들과 함께
바다 틈새에 팔꿈치를 기대고
어머니의 무릎에서 다시 회의가 시작되었다

Part 3

사라진 낭만 한 잔

문지욱 / 본점 최대포 대표

"밤 깊은 마포종점 갈 곳 없는 밤 전차 / 비에 젖어 너도 섰고 갈 곳 없는 나도 섰다 / 강 건너 영등포에 불빛만 아련 한데 / 돌아오지 않은 사람 기다린들 무엇하나 / 첫사랑 떠나간 종점 마포는 서글퍼라"

흘러간 노래처럼 마포종점에 있던 대폿집의 추억을 기억하는 사람은 지금도 여전히 마포의 대폿집을 찾는다. 개발의 시대 시골에서 도시로 올라온 가난한 인생들은 하루 일을 끝내고 대포 한 잔에 시름을 털어냈다.

마포는 더 나아가지 못하고 멈춰 서야만 하는 종점인 것일까. 새우젓을 팔았던 마포나루엔 아파트 단지가 들어서 있지만, 마포종점 인근엔 주린 배를 채우려고 고기를 구워 팔았던 고기집들이 아직도 있다.

"또 다른 바이러스가 나올 수도 있고 끝이 없을 것 같다는 생각이 들어요. 이제 지쳤어요. 하도 힘들어서 낮 장사를 해볼까도 생각해 봤어요. 배달을 하는 건 아닌 것 같고……. 이런 적이 한 번도 없었잖아요? 7시 30분만 넘으면 손님이 끊겨요. 영업제한 시간 9시까지 한 시간 반 정도 영업하는 거죠. 9시 10분에 나가는 사람은 한 명도 없어요. 손님들은 시계를 보고 있다가 9시 딱 되면 마지막 잔을 마시고 일어서요. 예전에는 영업시간 이후에 손님 내보내기 힘들었는데 이제 그런 말도 필요 없게 되었어요. 손님들을 보면서 세상이 많이 달라졌구나 하는 사실을 알게 돼요."

오래되었다 싶은 음식점에는 대부분 '원조'라는 수식어가 붙어 있다. 이 집은 원조 대신 '시조집'이라는 명칭이 붙어 있다. 하지만 이런 시조집도 코로나를 피해갈 순 없었다. 손님이 줄어들자 정직원들만 남고 일용직으로 일하던 사람들은 2년 이상을 쉬고 있다. 건물에 대한 임대료 부담이 없어 그동안 잘 버텨왔지만 기본 고정비가 나가기 때문에 그는 이후의 상황을 장담할 수 없다. 몇 달로 끝나겠지 하는 생각은 없어진 지 오래다. 장사를 시작하고 20년 만에 처음으로 이걸 왜 하고 있나 하는 생각이 들었다.

"만리동 길 나기 전부터 했어요. 철길이 없어지면서 이 주변은 현대적인 모습으로 바뀌었죠. 우리 같은 집들이 주변에 많이 있어요. 옛날에는 연탄으로 고기를 굽는 집들이 많았는데 외국 여행객들과 젊은층들은 연탄가스에 적응을 못해서 2개만 연탄 화덕을 두고 나머지는 모두 숯불이에요. 건너편 집은 간판 이름에 연탄이 들어가 있는데도 숯불만 사용해요."

공기를 강제로 빨아들이면 고기가 익으면서 식는다고 그는 후드 장치를 높게 매달아놓았다. 고기를 구우면서 생기는 연기를 따라 고개를 드니 역사를 말해주는 듯한 오래된 기와가 보였다.

그는 지금의 대폿집을 아버지로부터 물려받았다. 그의 아버지는 1952년부터 영업을 시작한 최대포집을 가게 이름을 바꾸지 않고 그대로 사용했다. 큰 술잔을 순우리말로 '대폿잔'이라 한다. 당시엔 대부분 대포에 주인의 성을 붙여서 간판을 달았다.

그의 아버지가 대폿집을 운영할 당시의 마포나루엔 새우젓 장사들이 많았다. 그 옆엔 아낙네들이 밀린 빨랫감을 이고 와서 돌 위에 솥을 걸어놓고 옷을 삶는 동안 정담을 나누었다. 한강둑 안쪽엔 제재소, 철공소, 철재 가공업소 등이 즐비했다. 여기서 하루 일과를 마친 사람들은 하루 내내 마신 쇳가루와 목재가루를 중화시킬 장소가 필요했다. 그러다보니 자연히 마포종점 근처에 돼지고기집이 생겨났던 것이다. 퇴근 후 술집엔 술꾼이 많이 모여들어 밤마다 북새통을 이루었다.

"아버지가 대폿집을 운영할 당시만 해도 서울엔 도축장이 없었어요. 시골집에서 쌀뜨물과 겨를 먹고 자란 돼지고기는 밤새 열차로 올라와 서울역에 도착하면 남대문에서 세분해서 영업집에 고기를 보내 주는 방식이었죠. 그때 그 고기 맛은 지금과 비교할 수가 없다고 해요.

그때는 소주보다 막걸리가 흔해서 대부분 막걸리를 마셨죠. 아버지 말에 의하면 소주는 삼학소주밖에 없었는데 삼학소주 한 병에 고기 4점, 막걸리 대포 한 잔에 고기 1점, 그 이상은 고기만 팔면 적자가 나기 때문에 고기 좋아하는 사람은 술 잘 먹는 친구와 함께 와서 먹었대요."

당시에는 사람들이 몰려와서 자리가 없으면 으레 합석을 했다. 모르는 사람끼리 있다 보면 인연이 되어 결혼에 골인하는 경우도 있었다. 마포의 정서를 그대로 간직하고 있어서인지 유명 정치인과 연예인들도 방문했다.

그는 어렸을 때부터 아버지의 일을 도왔다. 학교 다닐 때는 주말마다 와서 아르바이트를 하고, 대학교 다닐 때도 항상 어머니를 모시러 왔다. 위로 누나와 형이 있었지만 아버지는 성실한 막내아들에게 사업을 물려주기로 했다.

그는 일찌감치 하던 일을 접고 아버지 가게 일을 맡아서 하기 시작했다. 아들에게 물려주었지만 아버지는 아들이 쉬는 날은 가게에 와서 일을 거들었다. 직원들도 대부분 아버지 때부터 함께 일해 온 사람이다.

옛날 것을 오히려 재미있고 신선하게 여기는 젊은층들도 소셜 미디어의 영향으로 4~5년 전부터 이곳을 드나들기 시작했다. 왁자지껄한 한국스러운 술집 분위기를 좋아하는 외국 여행자들도 찾아왔다. 이런 분위기가 외국인들에게는 생소하면서도 재미있는 풍경처럼 보였다. 특히 공덕역 부근은 공항철도가 연결되어 있어서 자유여행자들이 인스타그램이나 블로그를 보고 자연스럽게 유입되었다. 여행자들이 와서 음식을 먹어보고 스스로 인터넷에 홍보하고 알려져서 굳이 홍보를 하지 않아도 찾아오는 손님이 많았다. 그래서 영어, 일어, 중국어로 표기한 메뉴판도 만들었다. 코로나 이전에는 하루에도 10팀 이상이 찾아왔다.

"어느 날 외국인이 여럿 왔는데 그 중 한 사람이 채식주의자였어요. 고기집이라 어떻게 할 수는 없고 된장국에 밥을 드렸어요. 그러고선 바빠서 볼일을 보고 다시 왔는데 채식주의자라고 했던 그 사람이 고기를 계속 먹고 있는 거예요. 억지로 하나를 먹어 봤는데 너무 맛있대요. 그 사람은 10년 동안 해오던 채식을 여기서 끊은 거예요."

외국인들이 와서 맛있다고 하며 한국의 문화를 소개해 준다고 생각해 주니 일을 하는 재미도 생겼다. 여행사 가이드가 와서 단체 관광객을 모셔온다고 수수료를 달라고도 했다. 그는 아버지가 했던 것처럼 좋은 고기만 쓰면 손님이 올 것이라 믿고 그 제안을 거절했다.

"연탄 자리가 좋으세요?"

옛것이 사라져가고 과거의 모습을 그대로 지켜내는 듯한 노포 가게 바깥쪽에 연탄불이 타올랐다. 고기가 올라오기 전에 그보다 더 나이가 들어 보이는 종업원이 스텐 테이블에 반찬을 올렸다.

연탄 화덕이 석쇠를 달구었다. 넓은 홀에 딱 두 군데만 연탄불을 피우고 나머지는 모두 숯불이다. 손님들이 철판을 중심으로 둘러앉아 주먹고기를 올려놓고 대폿잔을 기울인다. 보들보들한 돼지 껍데기도 석쇠에 구워진다. 고기가 불 위에서 구워지는 동안 손님들은 저마다의 사연들을 불속에 내던진다. 묻어 두었던 이야기를 오래 나누고 싶지만 코로나 영업제한 시간인 9시 전까지 모든 이야기를 끝내야 한다. 그러다보니 알맹이도 껍데기도 코로나 시기엔 연대를 한다.

작년 11월 위드 코로나로 잠시 영업시간이 해제되었을 때 직장인들이 자리를 메웠다. 테이블 간격을 띄우고 소독을 하고 방역수칙을 지키며 곧 다가올 연말연시를 앞두고 매장을 다시 점검했다. 하지만 45일간의 위드 코로나는 오미크론 변수로 막을 내리고 9시가 되어 갈 무렵이면 사람의 온기는 남아 있지 않았다.

어제와 다른 오늘, 예측할 수 없는 코로나 확진자 수처럼 그는 정답이 없는 문제지를 받고 어떤 선택을 할까.

연탄불 피어오르면

이다빈

연탄불 피어오르면
주먹고기 불덩이처럼 달아오르고
쓰러졌던 술병들 다시 일어나
소주와 맥주의 비율로
골목 깊은 격리에 연대를 겹친다

연탄불 피어오르면
캄캄한 허공 속
바슥바슥 떨어지던 불안꽃
혼돈의 벽을 타고
봄하늘 꽃불되어 올라간다

북촌의 맛

정현례 / 북촌마루 한옥게스트하우스 호스트

"Breakfast!"

개량한복을 단아하게 차려입은 그녀가 종을 흔들었다.
맑은 종소리가 북촌의 공기를 가르며 올라가다가 오래된
기와에 걸터앉았다. 코로나 때문에 새로 만든 식사 공간에
는 레코드판과 손님들이 주고 간 각국의 기념품들이 창가
에 놓인 채 노란 햇살을 받아먹고 있었다.

"코로나 2년 동안은 아침밥을 자주 하지 않아서 간장, 된장이 많이 굳었어요. 코로나 전에는 손님들이 1층 식당에서 같이 밥을 먹었어요. 개인접시 위에 젓가락을 두 개씩 드려서 접시에 음식을 덜어먹는 식으로 했어요. 사람들이 밥을 먹으면 서먹함이 풀어져요. 코로나 전에는 아침을 같이 먹다보니 손님들이 모두 식구처럼 금방 친해졌어요. 아, 그래서 밥이 사람에게 중요하구나 하는 생각을 했죠. 코로나 이후엔 각자의 방으로 죽과 빵을 넣어드려요."

'한옥'이란 말은 개항 이후 서양의 근대건축양식이 우리나라에 들어오면서 새로운 건축양식과 대비하기 위하여 만들어진 말이다. 원래 북촌은 조선시대에 조성된 양반층 주거지로서 1920년대까지 그다지 큰 변화가 없었다. 1930년대에 서울의 행정구역이 확장되고 도시구조도 변형되면서 주택경영회사들이 북촌의 대형 필지와 임야를 매입하여 그 자리에 중소 규모의 한옥들을 집단적으로 건설했다. 현재 북촌 대부분의 한옥은 모두 이 시기에 형성되었다.

코로나 이전의 북촌은 외국 거리라 생각할 정도로 외국인이 많았다. 외국인들이 서울을 찾았을 때 제일 먼저 가고 싶은 곳이 남산, 두 번째가 북촌이라는 통계도 있었다. 주민이 살고 있으니 조용히 하라고 하는 포스터나 안내원도 있을 정도였다. 하지만 코로나 2년 동안 그녀의 한옥집을 다녀간 외국 손님들은 손가락으로 겨우 꼽을 정도다. 그렇지만 그녀는 손님이 있거나 없거나 한옥의 이곳저곳을 매일 가꾼다.

산과 들로 여치를 잡던 추억을 그녀는 기와 밑 여치집에 넣어 두었다. 장독 위 소쿠리엔 발아되어 싹을 틔운 겉보리가 환한 햇살을 받아 몸에 지닌 수분을 수줍게 하늘로 올려보내고 있었다. 고추장 담글 때나 식혜, 조청 등을 만들 때 사용하는 엿기름이다. 싹이 적당히 나야 하는데 올해는 잘되었군, 하는 그녀의 입가에 소박한 웃음이 깃든다. 매일 아침 손님에게 한식을 제공하는 그녀는 시중의 것은 속이 깨끗하지 않고 단맛이 덜하다고 생각해 이렇게 직접 만들어 쓴다.

밥을 같이 먹는 것도 좋지만 코로나 시대라 손님들이 서로 안 부딪히게 하는 것이 더 중요하다는 사실을 그녀는 새롭게 터득했다. 날씨가 따뜻해지면 1층에 새로 마련된 식사 공간이나 서울의 풍경이 내다보이는 2층 마당에서 테이블을 놓고 식사를 할 수 있도록 할 생각이다.

숙박업은 방이 많아야 사업이 되는 것인데 큰방 2개, 작은방 2개가 딸린 작은 한옥집을 그녀는 정성껏 가꾼다. 게스트하우스에서 먹는 한 끼 식사이지만 옛날 어머니들이 한국의 김치, 된장, 고추장을 담글 때 사용하던 방식을 고수한다. 소금도 천일염을 사서 3년 이상 묵혀서 불순물이 함유된 간수를 빼고 사용한다. 간장, 된장, 고추장을 담가서 손님의 아침상을 차리는 이유는 외국인들이 한국의 진정한 맛을 경험해 보도록 하기 위해서이다.

그녀는 갑자기 2층 장독대 위에 널어놓은 바가지를 들어올렸다.

"오그랑바가지란 말 들어보셨나요? 예쁜 박을 삶아서 속껍질과 겉껍질을 긁어내고 바가지를 만들었는데 이건 자고 나니까 이렇게 오그라들었어요. 그때 어머니 말씀이 생각나는 거예요. 어렸을 때 우리 어머니가 오그랑바가지는 쓸 데가 없다 그러셨거든요. 사람도 깊이가 없고 여물지 않으면 이렇게 쪼그라들어요. 우리 집에 오시는 손님들에게 나는 이렇게 설명을 해줘요."

장독대 아래에는 어처구니가 없는 맷돌이 놓여 있다. 그녀는 맷돌을 돌릴 때 사용하는 어처구니를 찾았다. 혹시나 잃어버릴까봐 숨겨 둔 것이다. 맷돌과 어처구니는 둘 중에 하나가 빠지면 그 기능을 할 수가 없다. 어처구니를 맷돌에 다시 끼웠다.

2층 마루에는 가야금이 걸려 있다. 장구도 보이고 다듬이돌도 보인다. 외국인들은 이곳 마루에서 호스트인 그녀가 다듬이질 하는 것을 신기하게 지켜 보기도 한다. 그녀는 외국 손님들에게 우리나라 옛날 여자들은 다듬이질을 하면서 스트레스를 풀었다는 이야기를 해주기도 한다. 궁궐에 입장하는 손님에게는 당의 한복을 입혀 주며 한복과 한국의 문화를 알려 준다.

"외국 손님들이 하는 말이 '내가 편하려면 호텔로 가죠. 이런 걸 보러 온 겁니다'라고 해요. 우리가 사는 자연스러운 모습이 그들에게 의미가 있는 것 같아요. 이 업을 하면서 나도 많이 배워 갑니다."

10여 년 전 종로구청을 통해 북촌 한옥마을 내 게스트하우스를 해보면 어떻겠냐며 제의가 들어왔을 때 그녀는 망설였다. 아이들도 있었고 숙박업에 대한 편견이 있었기 때문이다. 대가족으로 살면서 윗세대들의 이야기를 많이 듣고 자라며 전통문화의 가치를 잘 알게 된 그녀는 외국인에게 한국의 문화를 알리고 싶다는 생각으로 한번 도전해보기로 했다.

그녀는 소통에 불편한 점이 있으면 아들과 딸에게 묻곤 한다. 아들은 외국에 살고 있지만 SNS를 통해 어머니가 하는 일을 알리고 있고, 손님이 게스트하우스에서의 불편한 사항이 있으면 이메일을 통해서 이야기할 수 있도록 시스템을 만들어두었다.

"처음에는 방 하나를 내주었는데 손님이 많아지자 우리도 근처에서 살며 운영했어요. 그러다가 힘에 부쳐서 젊은 사람을 고용하기도 했지만 직접 운영하는 것만큼 모든 것을 신경쓰기 어려웠어요. 가족들이 같이 힘을 합치니 외국인 숙박 리뷰 순위에서 서울 전체 10위까지도 올라갔지요. 우리집이 한옥으로서 가장 좋은 집은 아닐 거예요. 한옥체험을 하러 오는 사람은 대부분 생각이 깊고 예의바른 분들이에요. 와서 편안하니까 다시 오시는 것 같아요. 결혼 전엔 친구하고 왔는데 결혼 후에는 남편과 아이를 데리고 오기도 해요. 남자분 둘이 왔다가 다음엔 아내와 같이 오는 경우도 있어요. 그런 것이 보람이에요. 말은 잘 안 통하지만 마음은 통하는 것 같아요."

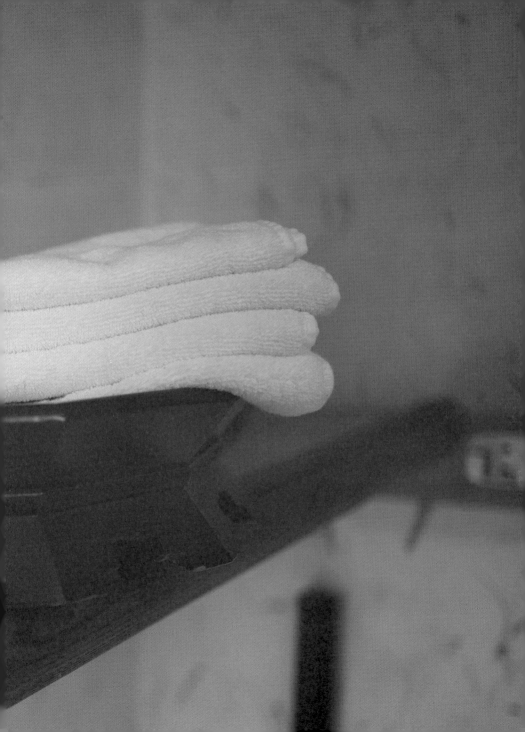

"손님 방은 우리가 안 써요. 언제 손님이 올지도 모르고 또 손님들을 위해서 언제나 준비를 해놓아야 하니까요. 우리 남편은 손님이 묵을 때에는 후문을 이용해요. 우리도 그렇지만 안에 있는 손님들도 될 수 있으면 덜 접촉하는 게 좋거든요. 코로나 시대는 손님을 많이 받는 것보다 무엇보다 손님이 안전하게 왔다 갈 수 있도록 하는 게 중요한 것 같아요. 방이 4개 있는데 큰 방과 작은 방만 내주었어요. 큰 방에는 화장실이 있는데 작은 방 2개는 화장실을 같이 쓰기 때문에 일행이 아니면 방 하나만 내놓아요. 코로나가 끝나도 시대의 변화에 맞게 그렇게 할 생각이에요. 팬데믹이 또 언제 어떻게 올지 모르는 일이니 식사문화도 따로 할 수 있게끔 유지할 거예요. 나이를 더 먹으면 우리도 세를 놓아야 될 때가 오겠지요. 한옥은 유지보수가 어렵다는 것을 우리가 잘 아니까 그 전까지 건강이 허락하는 한 이 한옥 게스트하우스를 할 거예요. 코로나가 온 뒤로 수입은 별로 없지만 덕분에 남편과 같이 걷기를 많이 할 수 있었어요. 이제는 내 건강관리를 하면서 삶을 살아야겠다는 생각을 하고 있어요."

사뿐히 계단을 내려오는 그녀의 모습이 그녀가 가꾸어놓은 한옥의 모습과 꼭 닮아 있었다.

북촌 소묘

이다빈

창문 열고
감염에 물든 잔가지들
가위로 싹둑 잘라내면
타국 땅 건너온 햇빛
반가운 손님 되어 쏟아진다

마루에 앉아
얼굴 덮치는 머리카락
조심스런 바람으로 씻어내면
어디서 왔는지 고향도 잊은 사람들
시간은 그곳에 멈춰 있다

비늘처럼 찰랑이는 젊은 물결
부딪히며 흘러가는 동서양 바다
골목 따라 천천히
아우성 없이 넘나든다

K-드레스를 꿈꾸다

길기태 / 황금바늘 대표

이대역과 아현역 사이 결혼을 앞둔 예비 신부들의 하얀 꿈이 나풀거리던 이대드레스거리는 서늘하게 식어 있었다. 전성기 때는 큰 도로를 따라 100곳 이상의 웨딩 관련업체가 즐비해 있던 곳이다. 외환위기 이후 웨딩숍은 내리막길을 걸어오다가 이제 코로나19까지 겹쳐 거리엔 사람이 거의 다니지 않는다. 40여 년 동안 쌓아온 노하우와 트렌드를 선도하던 사람들은 대부분 떠났지만 다시 그 거리를 살려내는 사람이 있다.

www.golchanbok.com

"코로나가 장기화되면서 웨딩숍 다섯 군데가 문을 닫았어요. 이제 이 거리가 희미해져 가요. 드레스거리라는 명성은 아예 되찾을 수 없는 상황이 되었어요."

코로나 이전의 이대드레스거리는 외국 여성들에게도 특별한 거리여서 중국인, 동남아인 등 외국 여행객들이 많이 찾아왔다. 우리나라의 콘텐츠가 아시아 나라들에게 많이 알려지자 외국인 관광객들과 외국의 신혼부부들도 한복을 사가지고 갔다.

아이들 결혼식 때 입을 한복을 맞추러 와서 단골손님이 된 한 재일교포는 일본에서 한복을 구입하려면 질은 떨어지는데 한국에서 사는 것보다 더 비싸니 한국에 와서 여행도 하면서 그의 가게에서 한복을 맞춰 갔다. 한국에서 한복을 최고급으로 맞춰도 여행 경비가 빠지니 집안의 결혼식이나 행사가 있을 때마다 그의 가게를 방문한다. 그 손님은 그를 일본의 자기 집으로 초대하기도 했다.

한복 관련 기업에서 마케팅 일을 하던 그는 IMF 위기로 회사가 어려움을 겪게 되자 다니던 회사를 나와 이곳 이대드레스거리에서 한복 사업을 시작했다. 한복을 짓던 황금바늘은 이제 무디어졌지만 24년 전 이곳에서 바늘은 쉴 새 없이 움직였다. 모든 브랜드들이 상호 뒤에 '한복'이라는 말을 붙이던 시대였지만 그는 상호에서 '한복'이라는 말을 빼버렸다. 한복이란 말이 붙지 않아도 한복업체임을 알 수 있는 최고의 한복 브랜드를 만들 자신이 있었던 것이다. 그는 과시적 소비가 강한 청담동보다 대중적으로 신랑신부들이 많이 드나드는 이대드레스 거리를 택했다. 황금바늘로 지은 대여 실크 한복은 곧 소문을 타고 퍼져 나갔다.

"그때는 벤치마킹의 대상이 없었어요. 처음부터 끝까지 다 제가 만들어야 했어요. 고민은 많이 했지만 확신을 가지고 한국의 내셔널 브랜드를 한번 만들어 보자 결심했어요. 그래서 소비자 조사를 몇 번 했는데 의미 있는 데이터가 세 가지 나왔어요. 첫째, 한복은 너무 비싸다. 둘째, 자주 입지 않는다. 셋째, 조금 지나면 유행 지나서 못 입게 된다. 이걸 가지고 고민을 하다가 대여밖에 답이 없겠다는 생각이 들었어요. 그래서 한복대여 사업을 시작했는데 적중한 거죠."

당시까지만 해도 한복을 대여하는 곳이 없던 터라 그는 한복을 기성복으로 만드는 데 많은 시행착오를 겪었다. 돈이 없어서 한복을 사입을 형편이 못 되는 사람들에게 고급 한복을 입을 수 있는 기회가 생기자 시장의 수요는 늘어났고, 바야흐로 한복 대여의 시대가 열렸다.

이후 중저가 한복 대여점이 여기저기서 경쟁적으로 생겨나자 프랜차이즈 점주들은 경쟁력에서 진다며 중저가 한복을 개발해달라고 본사에 요구했다. 하지만 그는 프랜차이즈를 해약하면서까지 고급 한복을 고집했다. 비용에 맞춰 한복의 질을 떨어지게 하기는 싫었던 것이다. 결국 2016년 마지막 프랜차이즈 해약을 끝으로 본점만 남았다.

평생 돈을 모아도 아파트 한 채 장만하기 어려운 시대가 되니 결혼 연령은 점점 늦어지고 결혼을 안 하는 청년들도 많아졌다. 결혼에 대한 희망을 잃어버린 세대들이 늘어나자 한복을 만드는 그의 고민도 깊어만 갔다.

"법인 이름을 한복로드에서 오프로드로 바꿨어요. 오프로드라는 말만 듣고 오해하는 분들도 있죠. 숨은 뜻이 있어요. 비행기가 이륙하는 것을 'take off'라고 하잖아요. 시니어든 청년이든 창업을 해서 순탄하게 이륙할 수 있게 도와주겠다는 의미도 있어요."

코로나19 팬데믹은 IMF 때처럼 그의 창의력을 또 한 번 요구하고 있다. 그는 코로나가 확산되기 직전 한복산업의 축소가 일어날 것을 대비해서 '비욘드(beyond) 한복'을 꿈꾸었다. 삶을 기획하듯 사는 그에게 한복이 가야 할 길은 여러 갈래였다. 그래서 한복체험문화를 파는 예비사회적기업 '한복로드'를 탄생시켰다. 하지만 공교롭게도 프로그램을 구상하는 중에 코로나가 터졌다. 잠시 지나가는 바람으로 생각했는데 코로나 기간은 예상보다 길었다.

코로나가 삶의 곳곳을 파고들었지만 저마다 느끼는 강도는 다르며, 이를 견뎌내는 힘도 다르다. 외환위기를 겪은 그는 할 수 있는 것만 생각했다. 그래서 한복로드라는 법인명부터 바꾸었다.

코로나가 옷깃을 잡았지만 그는 쇠락해가는 거리를 본격적으로 일으켜 세우고 싶었다. 코로나19로 인해 결혼식을 미루고 있던 다문화 커플들의 결혼식을 무료로 해주고, 이대드레스거리에 있는 드레스숍들과 힘을 합쳐 이대드레스협회를 만들었다. 그리고 거리가 살아나려면 먼저 거리에 있는 이해관계자들이 공동의 목표를 설정하고 작은 것들을 쌓아가야 한다는 생각이 들었다. 스몰웨딩 시대를 돌파하기 위한 사회적경제조직을 만들고 한국방송예술교육진흥원과 산학협약식까지 마쳤다.

2021년에는 마포 '사이골목' 사업에 선정되어 3일 동안 '나를 위한 시상식'을 개최했다. SNS에서 '나를 위한 응원 메시지'의 내용을 심사하여 참가자들을 선정했다. 예상보다 많은 사람들이 신청해서 그 자신도 놀랐다.

선정된 60명의 참가자들은 드레스를 입고 레드카펫 위를 걸었다. 이대드레스협회에서 제공하는 한복과 웨딩드레스, 파티드레스를 입고 상장과 트로피도 받았다. 행사 제목처럼 '코로나19로 지친 당신! 지금까지 잘 이겨낸 당신을 위한 선물'이다.

많은 사연 가운데 코로나 방역의 최일선에 있던 간호사의 사연이 눈길을 끌었다. 코로나19 방역 의료진으로 참여했던 간호사들은 감염 병동에 들어가기 전 보호구를 착용해서 물도 마시지 못하고 화장실도 갈 수 없었다.

<선별진료소, 예방접종센터 의료진으로 1년간 수고한 내게 주는 선물! 방호복, 보호구 속에서 일한 모습은, 충분히 아름다웠을 거야! 이제 예쁜 드레스 입고 활짝 웃을 일만 있기를…>

<코로나로 모든 강의가 취소되고 반 백수 상태로 시간을 보내는 동안 시니어 모델에 도전한 나 자신을 응원합니다.>

<코로나19 때문에 집에만 있으면서 일도 못한 지 거의 2년이 다 되어 가지만, 어쨌든 살기 위해 직장 면접 보러 다니는 나 칭찬해! 좋은 곳에 입사하자!>

<코로나19로 힘들어진 항공사의 승무원으로서 많이 힘들었지만 잘 이겨내고 있어~ 파이팅!>

<영유아 딸 셋 맘! 코로나 독박 육아 잘 이겨냈다!>

<코로나19로 급변하는 상황 속에서도 침착하게 내가 살 수 있는 것이 무엇인지 탐색하고 대응했던 점 멋졌어! 앞으로도 응원할게! 너의 열정, 꺼지지 않는 불빛이기를!>

결혼할 때 입어 본 하얀 웨딩드레스가 처음이자 마지막이 될 줄 알았던 참가자들은 희망 메시지를 쓰면서 용기를 얻었다. 이 행사를 기획한 그도 이대드레스거리를 살릴 자신감을 얻었다.

그는 한복을 통한 한국문화의 정통성 회복을 꿈꾼다. 'K-드레스'의 세계화는 코로나 이후 가장 먼저 실현될 꿈이다.

웨딩드레스

이다빈

지난 밤 폭풍우 치고
천둥 번개에 넘어진 마음이
더 단단해지기 위한 연습이었음을
모래바람이 살갗을 찢고 들어와도
타다 남은 그 화톳불로
방문 열고 다시 나가는 거야
넘어져 보지 않은 사람은 없어
특별하지 않은 날도 없어
누구나 칠흑 밤길을 걸어왔잖아
먹먹한 어둠 털어내고
다시 입어 보는
빨간 상처 위
눈물보다 아름다운
나의 마음이여

코로나 시대의 여행자들

인쇄일 2022년 3월 2일
발행일 2022년 3월 11일

글 이다빈
사진 엄기용

펴낸곳 아임스토리(주)
펴낸이 남정인
출판등록 2021년 4월 13일 제2021-000113호
주소 서울특별시 서대문구 수색로43 사회적경제마을자치센터 2층
전화 02-516-3373
팩스 0303-3444-3373
전자우편 im_book@naver.com
홈페이지 imbook.modoo.at
블로그 blog.naver.com/im_book

*저자와 출판사의 동의 없이 내용의 일부를 인용하거나 발췌하는 것을 금합니다.
*잘못된 책은 바꾸어 드립니다. 값은 뒤표지에 표시되어 있습니다.
*이 작품은 한국문화예술위원회 〈코로나19 예술로 기록〉 사업 지원을 받아 제작된 작품입니다.

ISBN 979-11-976268-3-8 (03810)